Cuisine de fête chic et pas chère

Estérelle Payany

Cuisine de fête chic et pas chère

Recettes délicieuses
pour soirées chaleureuses

Photographies de Jérôme Odouard

Librio

Inédit

Crédits photo pour la vaisselle et les accessoires :
Galeries Lafayette Maison
Habitat

Remerciement :
Un grand merci à Anne-Cécile Fichaux pour son aide
à la préparation des plats et ses nombreux conseils.

Pour ceux et celles qui font de la vie une fête :
Alice, Anne, Anne-Sophie et Richard, Caroline, Delphine,
Édith et Patrick, Fanny et Benoît, Gaëlle, Iana et Thierry, Isabelle,
Jérôme et Adrien, Mireille et Michel, Nicole et Jean-Marie,
Quitterie et Rémy, Romain, Séverine, Valérie, Yannick…

Pour Philippe, parce que, avec lui, chaque jour est une fête.
Et parce que notre futur petit goûteur lui ressemblera !

Sommaire

Avant-propos

C'est l'anniversaire de votre chinchilla domestique ? Vous avez vaincu la face Nord de l'Everest ? Vos talents professionnels ont enfin été récompensés ? Vous êtes d'humeur guillerette ? C'est vendredi ?

Ça se fête !

Pour célébrer dignement l'événement, quel qu'il soit, vous trouverez dans les pages qui suivent de quoi changer vos menus et revisiter vos classiques avec un soupçon d'originalité. Au programme, soupes légères, tartes faciles, plats mitonnés, gratins express, légumes et fruits de saison pour toutes les occasions : pour inviter son patron, pour faire le plein de vitamines au cœur de l'hiver, pour tout préparer la veille, pour s'amuser sur le balcon, pour manger avec les doigts, pour les fans de cuisine méditerranéenne, et même pour fêter le réveillon !

Le décor doit mettre en valeur vos efforts culinaires sans être compliqué. Voici quelques petits détails qui feront toute la différence :

- **Faites l'effort de mettre une jolie nappe**, qu'elle soit en papier ou en tissu, voire de simples sets. Vous pouvez faire plus original en disposant du papier kraft en guise de chemin de table, en utilisant du papier cadeau décoré, ou en sortant de l'armoire un simple drap blanc !

- **Avec la plus simple des vaisselles**, pour faire de l'effet sans trop d'efforts, présentez avec raffinement ce qui est accessoire : mettez le sel dans des coquetiers, disposez le pain sur une assiette individuelle ou dans un vase transparent, sortez les bougies colorées…

- **Anticipez un peu la soirée** pour avoir l'esprit tranquille : pensez à l'endroit où les invités vont poser leurs manteaux, sortez un vase du fond du placard au cas où, préparez la carafe d'eau, localisez le tire-bouchon…

- **Et bien sûr, prévoyez large** sur les boissons et préparez des stocks de glaçons : plus il fait chaud, plus il en faut !

Maintenant, si vous n'avez pas envie d'attendre une occasion spéciale pour faire la fête et tester nos recettes, invitez les voisins pour vous faire de nouveaux copains !

E. P.

C'est paradoxalement au cœur de l'hiver
que l'on trouve les fruits et légumes les plus concentrés
en vitamine C: potirons, kiwis, carottes, oranges…

Des vitamines au cœur de l'hiver

Champignons de Paris gratinés au Boursin

Velouté de potimarron et de châtaignes

Rouelle de porc braisée aux carottes

Oranges à la marocaine

Un seul vin pour tout le repas: un bon petit cahors
rouge

**Budget
20 euros**

Champignons de Paris gratinés au Boursin

Préparation
5 mn

Cuisson
15 mn

Pour 6 personnes
12 gros champignons
de Paris
1/2 citron
1 Boursin au poivre

Couper les pieds des champignons de Paris et réservez-les (par exemple pour faire la soupe de champignons de Paris au whisky).

Conserver les chapeaux des champignons, les brosser soigneusement. Les citronner légèrement afin qu'ils ne noircissent pas.

Préchauffer le four à 210° (th. 7).

Remplir les têtes des champignons avec le Boursin à l'aide d'une cuillère à café.

Revêtir le plat à gratin d'une feuille d'aluminium.

Y disposer les têtes de champignon, enfourner et laisser cuire 20 minutes : le fromage va fondre et doucement gratiner.

Conseil d'accompagnement : n'oubliez pas les piques en bois pour le service !

Variante : à défaut de Boursin vous pouvez utiliser un fromage frais (Carré Frais par exemple) que vous écraserez à la fourchette en ajoutant les herbes ou les épices de votre choix. Vous pouvez également essayer les différentes variétés de Boursin pour varier les plaisirs.

Vin conseillé : un petit coup de sylvaner d'Alsace, ça vous dit ?

Astuce chic : en doublant les quantités, ces champignons deviennent de parfaits légumes d'accompagnement pour une viande rouge.

Velouté de potimarron et de châtaignes

Préparation
10 mn

Cuisson
40 mn

Ustensile
un robot-mixer
ou mixer plongeant

Pour 6 personnes
1 potimarron
250 g de marrons
surgelés déjà épluchés
1 poireau
2 échalotes
40 cl de bouillon
de volaille
(40 cl d'eau + 1 cube)
10 cl de crème liquide
1 morceau de sucre
sel, poivre, muscade

Laver et brosser le potimarron. Le couper en deux, enlever les graines.

Le faire cuire à la vapeur en cocotte-minute pendant 20 minutes. Enlever la chair cuite à l'aide d'une cuillère à soupe.

Peler et hacher les échalotes et le poireau.

Les faire blondir dans 1 cuillerée à soupe d'huile. Ajouter les morceaux de potimarron, laisser dorer 2 minutes puis ajouter les marrons.

Bien mélanger, ajouter le bouillon et le sucre. Saler et poivrer.

Couvrir et laisser cuire 20 minutes.

Mixer, ajouter la crème et un peu de noix de muscade.

Goûter et... laissez-en aux invités (profitez-en pour rectifier l'assaisonnement si nécessaire).

Conseil de réalisation : vous pouvez remplacer les marrons surgelés par des marrons en boîte. Mais si vous avez la patience d'éplucher des marrons frais, le résultat vous récompensera de votre peine !

Variante : s'accommode également fort bien du potiron tout bête.

Boisson conseillée : pas de vin avec une soupe, mais je confesse avoir bu avec plaisir un peu de whisky avec ce velouté.

Astuce chic : servez avec quelques croûtons de pain d'épices dorés à la poêle dans un peu de beurre.

Rouelle de porc braisée aux carottes

Préparation
20 mn

Cuisson
1 h 30 en cocotte
classique ou
45 mn à la
cocotte-minute

Pour 6 personnes
1 rouelle de porc
(environ 1,4 kg)
1,2 kg de carottes
1 orange
1 gros oignon jaune
2 gousses d'ail
10 cl de vin blanc
1 cuillerée à soupe
de miel
1 cube de bouillon
de volaille
2 cuillerées à soupe
de sauce soja
6 clous de girofle
1 cuillerée à soupe
d'huile d'olive

Presser l'orange et détailler son zeste en morceaux.

Mélanger le miel, le jus et le zeste d'orange, la sauce soja.

Planter les clous de girofle et la gousse d'ail coupée en 4 dans la rouelle.

Badigeonner la viande de cette sauce sur ses deux faces.

Réserver au frais. Pendant ce temps, peler et hacher l'oignon.

Peler et couper les carottes en tronçons de 2 cm. Dans une cocotte, faire revenir l'oignon dans l'huile d'olive, puis faire dorer la rouelle sur toutes ses faces.

Ajouter ensuite les carottes.

Verser ensuite le vin blanc, 10 cl d'eau, du poivre et le cube de bouillon émietté.

Couvrir et laisser cuire à feu doux (1 h 30 en cocotte classique, 45 minutes en cocotte-minute) en remuant fréquemment et en ajoutant un peu d'eau si nécessaire.

Avant de servir, ajouter un trait de sauce soja.

Conseil de réalisation : encore meilleur fait la veille et réchauffé.

Variante : vous pouvez remplacer les carottes par des lentilles vertes du Puy, mais ajoutez alors 2 verres d'eau.

Vin conseillé : rouge corsé, type madiran ou rioja.

Astuce chic : donnez une petite touche asiatique à votre rouelle en la piquant d'anis étoilé.

Oranges à la marocaine

Préparation
15 mn

Pas de cuisson

Repos au réfrigérateur
1 heure minimum

Pour 6 personnes
8 oranges de table
2 cuillerées à café
de cannelle en poudre
10 feuilles de menthe
3 cuillerées à soupe
d'eau de fleur
d'oranger
1 cuillerée à soupe
de sucre glace
quelques gouttes
de jus de citron

Peler les oranges.

Enlever un maximum de peau blanche autour des oranges.

Découper les oranges en tranches fines, sur une planche à découper, à l'aide d'un couteau très pointu.

Les disposer dans un grand plat, éparpiller les feuilles de menthe puis verser l'eau de fleur d'oranger, le sucre glace et le jus de citron.

Saupoudrer de cannelle.

Mettre au frais pendant au moins 1 heure.

Goûter et, s'il le faut, ajouter un peu de sucre glace si les oranges vous semblent trop acides.

Conseil de réalisation : si les oranges sont trop molles pour les couper sans les écraser, placez-les 10 minutes au congélateur : la découpe en sera largement facilitée. Vous pouvez réaliser vous-même votre sucre glace en passant au robot à très grande vitesse du sucre semoule.

Conseil d'accompagnement : petits gâteaux marocains, pâtisseries orientales.

Boisson conseillée : thé à la menthe ou « café blanc » libanais (eau chaude parfumée à la fleur d'oranger).

Astuce chic : parsemez le plat de pignons grillés juste au moment de servir.

La mode du «finger food» a du bon :
on peut cumuler les petits plats variés sans se lasser
des saveurs et mélanger les cuisines de tous les horizons
en une seule occasion.

Mangez avec les doigts !

**Budget :
20 euros**

Abricots rôtis au bacon

Poivrons marinés au cumin

Tarte au saumon, fenouil et mascarpone

Bouchées pralinées

Un seul vin pour tout le repas : un riesling

Abricots rôtis au bacon

Préparation
30 mn de trempage
+ 5 mn

Cuisson
5 mn

Pour 6 personnes
12 gros abricots secs
12 fines tranches
de poitrine fumée
12 cure-dents
sel, poivre
paprika

Faire gonfler les abricots secs dans un grand bol d'eau bouillante pendant 30 minutes.

Les égoutter puis les sécher soigneusement à l'aide de papier absorbant.

Étaler une tranche de poitrine fumée sur une planche à découper. Y déposer un abricot, puis saupoudrer avec une pincée de paprika.

Enrouler fermement l'abricot dans la poitrine fumée, fixer l'ensemble avec un cure-dent.

Répéter l'opération avec les abricots restants.

Faire chauffer à feu vif une grande poêle antiadhésive et y faire dorer les abricots de tous les côtés.

Servir bien chaud !

Conseil de réalisation : vous pouvez les préparer la veille, les conserver au frigo dans une boîte hermétique et les faire dorer à la dernière minute lorsque vos invités sont arrivés.

Conseil d'accompagnement : des serviettes en papier, car ce n'est pas toujours facile à manger proprement !

Variante : ajouter une pincée de baies de genièvre concassées.

Vin conseillé : un rosé de Loire.

Astuce chic : avec des pruneaux, des figues : tous les fruits secs aiment le mélange sucré-salé. Prenez donc le paquet en promo…

Poivrons marinés au cumin

Préparation
20 mn

Cuisson
30 mn

Repos au réfrigérateur
3 heures minimum,
mais peut se préparer
jusqu'à 48 heures
à l'avance

Pour 6 personnes
3 poivrons rouges
2 poivrons verts
le jus d'1 citron
3 cuillerées à soupe
d'huile d'olive
3 cuillerées à café
de cumin en poudre
sel, poivre

Préchauffer le gril du four.

Laver et sécher les poivrons, les piquer de quelques coups de fourchette.

Faire griller les poivrons au four sur toutes leurs faces (il faut compter environ 20 minutes au total).

Les peler avec précaution (la peau noircie s'enlève facilement sous un filet d'eau froide) et les couper en lamelles.

Mélanger l'huile d'olive, le citron et le cumin, du sel et du poivre dans une boîte hermétique ; y déposer les lamelles de poivrons et mélanger délicatement.

Couvrir (ou fermer la boîte) et laisser au froid pendant au moins 3 heures.

Ramener à température ambiante avant de servir.

Pour manger avec les doigts plus facilement : faire chauffer au grille-pain des pains pitas, les ouvrir en deux et les garnir de poivrons.

Conseil de réalisation : vous pouvez les ajouter froids sur des pâtes brûlantes, cela fait un plat de pâtes express délicieux. Encore faut-il qu'il vous en reste pour essayer !

Conseil d'accompagnement : filets d'anchois frais et marinés façon tapas.

Variante : ajouter des gousses d'ail pelées et émincées dans la marinade.

Vin conseillé : un vin rosé de Corse.

Astuce chic : vert, jaune, orange, rouge : tous les poivrons se prêtent à cette préparation. À vous d'en faire un mélange harmonieux à l'œil.

Tarte au saumon, fenouil et mascarpone

Préparation
20 mn

Cuisson
10 mn + 30 mn

Pour 6 personnes
1 pâte brisée
déjà préparée
2 bulbes de fenouil
bien fermes
2 tranches
de saumon fumé
250 g de mascarpone
(1 pot)
1 échalote
1 gousse d'ail
1 cuillerée à soupe
d'huile d'olive
2 œufs entiers
2 blancs d'œuf
1 pincée de zeste
de citron râpé
2 pincées de fleur
de thym
sel, poivre

Préchauffer le four à 180° (th. 6) pendant 10 minutes.

Dérouler la pâte et la disposer dans un moule à tarte. La piquer avec une fourchette.

La faire précuire 10 minutes.

Couper en tranches fines les fenouils.

Peler et hacher l'échalote et l'ail.

Faire revenir les légumes pendant 10 minutes dans l'huile d'olive.

Couper le saumon fumé en lanières.

Mélanger le mascarpone avec les œufs entiers, du sel, du poivre, le thym et le zeste de citron, et enfin les lanières de saumon.

Battre les blancs en neige ferme et les ajouter délicatement à la préparation précédente.

Déposer sur le fond de pâte précuit les morceaux de fenouil et verser par-dessus la crème.

Glisser au four et laisser cuire environ 30 minutes à 180° (th. 6).

Conseil de réalisation : à l'occasion, essayez de faire votre pâte brisée vous-même, le résultat est encore plus gratifiant.

Conseil d'accompagnement : salade de lentilles au pamplemousse.

Vin conseillé : un corbières blanc.

Astuce chic : vous pouvez remplacer le zeste de citron par un zeste d'orange, le goût est plus inattendu mais excellent.

Bouchées pralinées

Préparation
20 mn

Cuisson
30 mn

Pour 6 personnes
(18 cubes)
200 g de pralinoise
(chocolat praliné
en tablette)
4 œufs
50 g de farine
80 g de sucre
125 g de beurre
2 cuillerées à soupe
de cacao en poudre
1/2 sachet de levure
1 sachet de sucre
vanillé
1 pincée de sel

Séparer les jaunes des blancs.

Mélanger les jaunes avec le sucre et le sucre vanillé jusqu'à ce que le mélange blanchisse.

Faire fondre la pralinoise et le beurre au bain-marie ou au micro-ondes. Ajouter ce mélange aux jaunes d'œufs sucrés, bien mélanger. Ajouter alors la farine, la levure et le cacao. Préchauffer le four à 180° (th. 6)

Battre les blancs en neige avec une pincée de sel. Les incorporer doucement à la pâte.

Beurrer et fariner un moule à manqué ou un plat à gratin carré.

Verser la préparation dans le moule, glisser au four et laisser cuire 30 minutes.

Laisser refroidir avant de démouler.

Couper en cubes, planter des piques en bois pour faciliter le service.

Conseil de réalisation : vous pouvez le préparer la veille, mais ne le coupez en cubes qu'au dernier moment afin d'éviter qu'il ne se dessèche.

Vin conseillé : un doigt de porto.

Astuce chic : ajouter une rondelle de banane citronnée sur chaque pique à gâteau.

En attendant des jours meilleurs,
essayez ce menu qui vous promène
du Liban à l'Espagne en passant par l'Italie.

On dirait le Sud…

**Budget :
24 euros**

Houmous à la cannelle

Gaspacho verde

Pasta siciliana

Crème catalane

Un seul vin pour tout le repas : un vin du Minervois ou
un pinot noir

Houmous à la cannelle

Préparation
5 mn

Pas de cuisson

Ustensile
un mixer plongeant
ou un robot-mixer

Pour 6 personnes
1 petite boîte de pois
chiches déjà cuits
2 cuillerées à soupe
de graines de sésame
4 cuillerées à soupe
d'huile d'olive
le jus d'1/2 citron
2 cuillerées à café
de cannelle
sel, poivre

Ouvrir et égoutter le contenu de la boîte de pois chiches. Rincer les pois chiches à l'eau tiède. Bien les égoutter.

Mixer les pois chiches dans le bol du robot, jusqu'à ce qu'ils soient réduits en purée.

Ajouter les graines de sésame et l'huile d'olive, mixer à nouveau.

Ajouter le jus du citron et la cannelle, saler, poivrer.

Mixer une dernière fois jusqu'à ce que la purée soit bien lisse.

Réserver au frais dans un bol jusqu'au moment de servir.

Conseil de réalisation : servir dans des petites cuillères à soupe chinoise, ou dans des barquettes de feuilles d'endives.

Conseil d'accompagnement : tous les légumes frais coupés en lamelles et les pains pitas adorent être plongés dans le houmous !

Variante : vous pouvez également faire cuire vous-même vos pois chiches secs, c'est plus long mais encore moins cher : les faire tremper pendant au moins 8 heures, puis les faire cuire à l'eau bouillante pendant environ 1 h 30.

Boisson conseillée : thé à la menthe, raki…

Astuce chic : le « vrai » houmous s'assaisonne de cumin et se fait avec du tahini ou pâte de sésame (en magasins bio et diététiques).

Crème catalane

Préparation
15 mn

Cuisson
8 mn + 3 mn
sous le gril du four

Ustensile
6 ramequins
pouvant passer au four

Pour 6 personnes
1/2 litre de lait entier
3 œufs (1 œuf entier
+ 2 jaunes)
25 g de maïzena
(1 cuillerée à soupe
rase)
100 g de sucre
1 anis étoilé
1 bâton de vanille
2 pincées
de cannelle en poudre
Zeste râpé d'1/2 citron
2 cuillerées à soupe
de cassonade

Fouetter l'œuf entier, les jaunes d'œufs, le sucre et la maïzena avec un verre de lait, jusqu'à ce que le mélange blanchisse (compter environ 3 minutes).

Faire bouillir le lait restant. Y plonger l'étoile d'anis, la cannelle et la gousse de vanille ouverte en deux et vidée de ses graines.

Laisser infuser pendant 15 minutes, puis filtrer.

Verser en filet sur les œufs en fouettant sans cesse.

Ajouter le zeste de citron râpé.

Verser cette crème dans la casserole qui a servi à faire chauffer le lait.

Faire épaissir à feu doux pendant environ 8 minutes, sans cesser de tourner, jusqu'à ce que le mélange ait une consistance de crème anglaise.

Verser dans les ramequins et conserver au réfrigérateur.

Avant de servir :

Préchauffer le gril du four pendant 10 minutes.

Saupoudrer de cassonade et enfourner jusqu'à ce que le crèmes caramélisent.

Servir tiède.

Conseil de réalisation : à défaut d'anis, utilisez une pincée de graines de fenouil que vous ferez infuser dans le lait… En cas d'urgence, 1 cuillerée à soupe de pastis mélangé à la crème refroidie peut également vous dépanner.

Conseil d'accompagnement : rousquilles fondantes du Luberon.

Vin conseillé : vin des Corbières ou moscatel.

Astuce chic : utilisez le blanc d'œuf restant pour préparer quelques macarons qui accompagneront très bien cette crème.

Faites donc de la place dans le frigo pour tout stocker,
prévoyez un rouleau de film plastique,
et à vous de lancer la tendance des dîners du lundi !

Tout préparer la veille

Roulés de pain d'épices au chèvre

Soupe fraîche à la pastèque et au melon

**Budget :
18 euros**

Sauté de porc à la florentine

Petits choux à la crème de guimauve fondante

Un seul vin pour tout le repas : un gamay de Touraine
légèrement rafraîchi

Roulés de pain d'épices au chèvre

Préparation
15 mn

Pas de cuisson

Repos au réfrigérateur
6 heures minimum

Ustensile
un rouleau à pâtisserie
ou une bouteille
en verre

Pour 6 personnes
6 tranches
de pain d'épices
1/2 bûche
de chèvre cendré
2 cuillerées à café
de miel
poivre moulu

Disposer une tranche de pain d'épices sur une planche à découper.

La recouvrir de film plastique.

Écraser doucement avec le rouleau à pâtisserie, de façon à obtenir une plaque plus fine de pain d'épices.

Écraser le fromage de chèvre, ajouter le miel et du poivre moulu.

Étaler ce mélange sur une tranche de pain amincie.

Rouler doucement en serrant bien.

Recommencer l'opération avec les tranches restantes.

Réserver au frais et servir au choix :

Simplement froid, en tranchant chaque rouleau en deux ;

Tiède, après un passage de 5 minutes dans un four préalablement chauffé à 180° (th. 6).

Conseil de réalisation : vous pouvez aussi simplement étaler votre fromage sur le pain d'épices, découpé en carrés, et le faire dorer au four, ce sera tout aussi bon et encore plus facile à réaliser.

Variante : essayer avec des fromages bleus, comme de la fourme d'Ambert.

Astuce chic : servez accompagné de grains de raisins blancs, leur goût se marie très bien avec le fromage.

Soupe fraîche à la pastèque et au melon

Préparation
15 mn

Pas de cuisson

Repos au réfrigérateur
6 heures minimum

Ustensile
un robot-mixer

Pour 6 personnes
2 melons bien mûrs
800 g de pastèque
3 cuillerées à soupe
d'huile d'olive
2 cuillerées à soupe
de jus de citron
1 cuillerée à soupe
de vinaigre balsamique
1 bouquet de
ciboulette
3 pincées
de piment d'Espelette
sel, poivre

Épépiner les melons, les peler et les découper en gros cubes.

Épépiner la pastèque et la couper en dés.

Mixer les morceaux de fruits ensemble.

Saler, poivrer, ajouter le citron, l'huile d'olive, le vinaigre balsamique, le bouquet de ciboulette haché et le piment.

Goûter et, selon la maturité du melon, réépicer, voire sucrer légèrement.

Si c'est prêt la veille, un séjour au frigo suffira pour la servir assez fraîche.

Si c'est prêt in extremis, un séjour au congélateur est le bienvenu, en remuant de temps à autre pour éviter la formation de paillettes.

Conseil de réalisation : ne vous risquez pas dans cette recette avec un melon sans saveur, le résultat serait très décevant. N'hésitez pas à bien poivrer et épicer, tout l'intérêt de cette soupe est dans le contraste salé-sucré.

Variantes : 1 cuillerée de porto peut relever cette entrée si vous n'avez pas de vinaigre balsamique. Le basilic et la menthe ont aussi été testés et approuvés.

Astuce chic : l'investissement dans une bouteille de vinaigre balsamique vaut largement le coup, car il en faut très peu pour faire des merveilles et la bouteille se conserve longtemps. Vous pouvez l'utiliser tant pour déglacer des plats que sur des fruits rôtis ou encore dans vos salades.

Sauté de porc à la florentine

Préparation
20 mn

Repos au réfrigérateur
1 heure de marinade

Cuisson
55 mn en cocotte classique ou 25 mn à la cocotte-minute

Pour 6 personnes

Marinade:
1 citron
1 cuillerée à soupe de sauce soja
2 cuillerées à soupe d'huile d'olive
1 cuillerée à soupe de vinaigre balsamique
1 gousse d'ail écrasée
1 branche de romarin
2 cuillerées à café de cumin en poudre

Sauté:
1 kg de sauté de porc
500 g d'épinards surgelés
1 boîte de pois chiches cuits
1 oignon jaune
3 gousses d'ail
1 feuille de laurier
2 branches de romarin
sel, poivre, muscade
piment d'Espelette

La veille: mélanger dans un saladier le jus de citron, l'huile d'olive, la sauce soja, le vinaigre, le romarin, l'ail écrasé, du sel, du poivre et du cumin. Y ajouter la viande en cubes, bien mélanger. Couvrir et laisser mariner au frigo pendant 1 heure.

Hacher et faire dorer l'oignon dans l'huile d'olive; ajouter ensuite les épinards, faire cuire jusqu'à ce qu'ils soient décongelés. Les égoutter, bien les presser avec les mains pour leur enlever le plus d'eau possible. Égoutter et rincer plusieurs fois les pois chiches. Mélanger ensemble les pois chiches et les épinards.

Ajouter la viande égouttée de la marinade, la faire revenir de tous les côtés. Ajouter ensuite les 3 gousses d'ail, le laurier et le romarin, sel, poivre, muscade, piment d'Espelette et un verre d'eau. Couvrir et laisser mijoter pendant 45 minutes (la cuisson varie suivant la taille des cubes et l'épaisseur de la viande, il faut goûter régulièrement!).

Le jour même: faire réchauffer doucement la viande. Y ajouter épinards et pois chiches, laisser cuire encore 10 minutes.

Conseil d'accompagnement: galettes de polenta grillées.

Variante: pour les moins fauchés, peut également se faire avec du veau.

Vin conseillé: côtes-du-rhône rouge, coteaux-du-luberon rosé.

Astuce chic: les épinards et les pois chiches sautés à l'ail et au piment font d'excellentes tapas pour bien commencer vos soirées.

Profiteroles à la crème de guimauve

Préparation
10 mn

Cuisson
5 mn

Repos au réfrigérateur
1 heure

Pour 6 personnes
18 petits choux
(chouquettes) achetées
chez le boulanger
200 g de
marshmallows blancs
ou roses (1 paquet)
50 g de beurre
40 g de cacao
amer non sucré
1 bombe
de crème fouettée

Coulis :
150 g de chocolat noir
à pâtisser
2 cuillerées
à soupe d'eau

La veille : faire fondre les marshmallows et le beurre dans une grande casserole à feu très doux, en remuant sans cesse avec une cuillère en bois. Le mélange doit être bien liquide et ne pas bouillir.

Ajouter ensuite le cacao, bien mélanger.

Vider dans la casserole le contenu de la bombe de crème, et mélanger les deux avec un mouvement tournant et rapide. Réserver la crème au froid.

Au moment de servir : faire fondre le chocolat avec l'eau jusqu'à ce qu'il soit bien lisse.

Couper les chouquettes en deux, les fourrer avec la crème bien refroidie et napper de chocolat fondu.

Conseil de réalisation : si vous n'allez pas assez vite, les marshmallows fondus durcissent et ne se mélangent pas à la crème. Si jamais cela vous arrivait, faites à nouveau chauffer à feu très doux la guimauve avant de l'incorporer à la crème.

Boisson conseillée : ce dessert très sucré s'accommode mieux d'un café que d'alcool.

Astuce chic : si vous en avez le temps, c'est encore meilleur et plus économique en réalisant vous-même la crème fouettée. Il suffit de placer au froid de la crème fleurette et les fouets de votre batteur, puis de battre la crème jusqu'à ce qu'elle épaississe et devienne mate.

Il fait beau, il fait chaud, sortez les lampions !
Entre le 14 juillet, les anniversaires, la fête de la Musique,
les occasions ne manquent pas pour réunir ses amis
et se régaler en papotant jusqu'à pas d'heure…

Une soirée d'été sur le balcon

**Budget :
20 euros**

Muffins à la mozzarella, au romarin et à la tomate
séchée

Salade Quittou à la pastèque et à la feta

Tajine d'agneau aux aubergines confites

Clafoutis d'abricots au thym

Un seul vin pour tout le repas : un rosé bien sûr, comme
un bandol ou un arbois

Muffins à la mozzarella, au romarin et à la tomate séchée

Préparation
15 mn

Cuisson
30 mn

Ustensile
un moule à muffins

Pour 6 personnes
(12 muffins)
2 œufs
375 g de farine
100 g de beurre fondu
150 g de mozzarella
25 cl de lait
12 tomates séchées
2 cuillerées à soupe
d'huile d'olive
1 sachet
de levure chimique
3 pincées de romarin
sel, poivre
paprika
sucre

Couper les tomates séchées en petits morceaux à l'aide de ciseaux.

Couper la mozzarella en cubes.

Mélanger dans un saladier la farine et la levure avec 1 cuillerée à café de sucre.

Préchauffer le four à 180° (th. 6).

Battre les œufs avec le lait, 2 pincées de poivre, 2 pincées de paprika et le romarin.

Ajouter le fromage et les tomates, puis la farine et enfin le beurre fondu et l'huile d'olive.

Travailler rapidement la pâte qui ne doit pas être trop lisse.

Remplir chaque alvéole du moule aux deux tiers afin que les muffins puissent gonfler.

Laisser cuire de 25 à 30 minutes, jusqu'à ce qu'ils soient bien dorés.

Servir tiède.

Conseil de réalisation : les muffins se réchauffent très bien au micro-ondes quelques secondes avant de servir. Vous pouvez également en préparer d'avance et les congeler : ils seront parfaits pour transformer une soupe d'hiver en plat cosy.

Variante : le muffin salé s'accommode volontiers d'olives, d'herbes fraîches, de petits morceaux de fromage.

Vin conseillé : un valençay ou un vin de Savoie.

Astuce chic : à défaut d'investir dans une plaque à muffins, utilisez un moule à cake.

Salade Quittou
à la pastèque et à la feta

Préparation
10 mn

Pas de cuisson

Pour 6 personnes
1 gros concombre
bien ferme
1/4 de pastèque
bien mûre
200 g de feta
15 feuilles
de menthe
poivre

Laver le concombre. Le peler en laissant une bande de peau sur deux. Le couper en deux, ôter les graines et le couper en demi-rondelles assez épaisses.

Couper la pastèque, l'épépiner et la débiter en cubes.

Couper la feta en dés.

Hacher la menthe.

Mélanger dans un grand saladier tous les ingrédients, poivrer et servir!

Conseil de réalisation : conservez tous les éléments au frigo avant de préparer cette salade à la dernière minute. En effet, le sel de la feta fait rendre leur eau au concombre et à la pastèque. Aussi, si vous voulez éviter un joli jus rosé, assemblez les différents ingrédients bien froids juste avant de servir.

Conseil d'accompagnement : grosses olives violettes, câpres.

Variante : vous pouvez remplacer la pastèque par du melon.

Boisson conseillée : pourquoi ne pas continuer sur le pastis de l'apéritif ?

Astuce chic : le concombre a ses principaux éléments nutritifs et ses vitamines dans la peau ! Lavez-le bien soigneusement et servez-le tel quel : du travail en moins, de la couleur dans l'assiette en plus.

Tajine d'agneau
aux aubergines confites

Préparation
20 mn

Cuisson
50 mn

Pour 6 personnes
1,2 kg de viande d'agneau (collier ou poitrine)
5 aubergines
3 gousses d'ail en chemise (non pelées)
2 oignons
25 cl de bouillon de bœuf (1 cube + 25 cl d'eau)
2 cuillerées à soupe d'huile d'olive
10 branches de persil
2 cuillerées à soupe de ras-el-hanout

Peler et hacher les oignons.

Laver et couper les aubergines en gros dés.

Faire rissoler les oignons avec l'huile d'olive dans une cocotte.

Ajouter ensuite les morceaux de viande, les faire dorer de tous côtés.

Verser la moitié des cubes d'aubergines, le persil et les gousses d'ail entières dans la cocotte, bien mélanger.

Saupoudrer avec les épices, puis ajouter le bouillon.

Couvrir et laisser cuire à feu très doux pendant 30 minutes.

Ajouter alors le reste des aubergines, bien mélanger. Couvrir et laisser cuire pendant encore 20 minutes à feu doux.

Servir chaud avec du pain de semoule.

Conseil de réalisation : préparez-le la veille et conservez-le au froid, cela vous permettra de le dégraisser avant de le faire réchauffer.

Conseil d'accompagnement : vous pouvez proposer en plus un peu de semoule.

Variante : ajoutez un citron confit coupé en petits dés. Si vous n'avez pas de ras-el-hanout, mélangez 2 cuillerées à café de cumin et de cannelle, 1 cuillerée à café de coriandre en poudre, 1/2 cuillerée à café de gingembre et 1 pincée de piment.

Vin conseillé : rosé Boulalouane (le plus classique avec ce type de cuisine).

Astuce chic (... et pas chère) : pour les petits budgets, je vous conseille de mélanger deux types de morceaux de viande, en quantités égales, afin d'en avoir suffisamment pour tous vos convives tout en limitant le coût.

Clafoutis d'abricots parfumé au thym

Préparation
15 mn

Cuisson
30 mn

Pour 6 personnes
700 g d'abricots frais
3 œufs
150 g de farine
150 g de sucre
50 g de poudre
d'amandes
20 cl de lait
3 branches de thym
1 pincée de sel

Faire chauffer doucement le lait, y ajouter le thym, couvrir et laisser infuser 15 minutes.

Dénoyauter les abricots, couper chaque oreillon en 3 grosses lamelles.

Préchauffer le four à 180° (th. 6).

Battre les œufs avec le lait parfumé, puis le sucre, la farine, la poudre d'amandes et le sel.

Beurrer légèrement un plat à gratin, y déposer les morceaux d'abricots.

Verser doucement la pâte par-dessus en vérifiant qu'elle se glisse bien dans tous les interstices.

Laisser cuire de 30 à 40 minutes.

Servir tiède ou froid.

Conseil de réalisation : hors saison, vous pouvez le réaliser avec des abricots secs que vous aurez fait gonfler pendant 1 heure, mais ne mettez alors que 80 g de sucre.

Conseil d'accompagnement : yaourt glacé, fromage blanc battu.

Variante : essayez avec des pêches et du romarin… tant qu'ils sont présents sur le marché !

Vin ou boisson conseillés : thé frappé ou blanquette de Limoux.

Astuce chic : pour renforcer le goût de l'abricot, vous pouvez ajouter 5 amandes de noyaux d'abricots hachées dans la pâte. À vos casse-noix… et ne dépassez pas cette quantité, les amandes d'abricots contiennent en petite quantité une substance toxique à plus forte dose !

Ne vous méprenez pas !
Derrière le costume-cravate ou le tailleur gris perle
se cachent parfois de fins gourmets...

Invitez votre patron

Mini-soufflés express de quenelles

Œufs cocotte à la bisque de homard

**Budget :
18 euros**

Risotto au céleri-rave et au jambon cru

Gratinée de figues au pain d'épices

Un seul vin pour tout le repas : un vin blanc légèrement
minéral comme un sauvignon

Mini-soufflés express de quenelles

Préparation
2 mn

Cuisson
5 mn

Pour 6 personnes
6 quenelles fraîches (de brochet, de volaille ou nature)
40 g de beurre demi-sel
poivre
paprika

Couper les quenelles en rondelles.

Faire fondre le beurre dans une grande poêle antiadhésive.

Ajouter les quenelles, couvrir et laisser dorer pendant 2 minutes à feu moyen.

Les retourner une par une à l'aide d'une spatule.

Les laisser dorer de l'autre côté jusqu'à ce qu'elles soient bien gonflées. Assaisonner de poivre et de paprika.

Servir immédiatement!

Conseil de réalisation : n'oubliez pas de couvrir votre poêle lors de la cuisson, cela permet aux quenelles de gonfler.

Conseil d'accompagnement : parsemez-les de graines de sésame, de cumin, ou de fines herbes, juste avant de servir.

Variante : qu'elles soient nature, au brochet ou à la volaille, toutes les quenelles apprécient ce traitement de choc qui les fait gonfler comme des petits ballons !

Vin conseillé : un saumur blanc.

Astuce chic : préparez diverses épices (paprika, cumin, graines de fenouil, de pavot…) dans de petits bols et laissez vos invités faire leur propre mélange.

Risotto au céleri-rave et au jambon cru

Préparation
10 mn

Cuisson
35 mn

Pour 6 personnes
400 g de riz rond
(de préférence
du riz italien)
1 petite boule
de céleri-rave
200 g de jambon
de montagne
1 oignon
1 carotte
10 cl de vin blanc
75 cl de bouillon
de volaille (2 cubes
+ 75 cl d'eau)
10 cl de crème
40 g de beurre
thym, laurier
1 cuillerée à soupe
d'huile d'olive

Peler et hacher l'oignon et la carotte.

Peler le céleri-rave. Le couper en dés.

Faire dorer, dans une cocotte à fond épais, tous les légumes avec l'huile d'olive.

Ajouter le riz, mélanger sans cesse jusqu'à ce qu'il devienne translucide.

Ajouter ensuite le vin blanc, le laisser s'évaporer en tournant de temps à autre (compter environ 5 minutes).

Faire chauffer le bouillon.

Ajouter au riz la moitié du bouillon, une branche de thym et une feuille de laurier.

Couvrir et laisser cuire 10 minutes à feu doux.

Découper le jambon en lanières.

Mélanger le risotto, ajouter le bouillon restant et le jambon.

Couvrir et laisser à nouveau cuire 10 minutes. Tourner fréquemment pour éviter que le risotto ne brûle au fond.

Ôter la casserole du feu, poivrer, ajouter la crème et le beurre, mélanger puis couvrir.

Laisser reposer 5 minutes avant de servir dans des assiettes creuses.

Conseil de réalisation : surtout n'ajoutez pas de sel, le bouillon, le céleri et le jambon en contiennent déjà !

Conseil d'accompagnement : parmesan râpé.

Vin conseillé : côtes-de-bourg.

Astuce chic : effeuillez un bouquet d'estragon frais lorsque vous ajoutez le beurre et la crème : son goût souligne parfaitement celui du céleri-rave.

Œufs cocotte à la bisque de homard

Préparation
5 mn

Cuisson
8 à 10 mn,
selon votre four

Ustensile
6 ramequins
ou 6 tasses
pouvant aller au four

Pour 6 personnes
12 gros œufs
1 petite boîte
de bisque de homard
1 petit pot
de crème épaisse
ciboulette

Préchauffer le four à 180° (th. 6).

Faire chauffer doucement la bisque de homard.

Déposer une petite louche de bisque dans chaque ramequin.

Casser 2 œufs par-dessus.

Verser 2 cuillerées à soupe de crème fraîche dans chaque ramequin.

Terminer par quelques brins de ciboulette coupés au ciseau.

Déposer les ramequins dans un grand plat à gratin, couvrir le fond d'eau froide jusqu'à la moitié de la hauteur des ramequins.

Glisser le plat au four et bien surveiller la cuisson, les œufs doivent être juste pris mais le jaune ne doit pas être dur : compter de 6 à 8 minutes.

Conseil de réalisation : vous pouvez préparer ces ramequins à l'avance, mais passez-les au four à la dernière minute afin qu'ils ne soient pas trop cuits.

Conseil d'accompagnement : une julienne de légumes, carotte-céleri par exemple… et du pain grillé, pour faire des mouillettes !

Variante : l'œuf cocotte pourrait faire l'objet d'un Librio entier ! Je l'aime particulièrement avec du bacon et des herbes ciselées.

Boisson conseillée : le vin avec les œufs est un exercice difficile… Servez plutôt de l'eau.

Astuce chic : une petite boîte de bisque fait également un très bon fond de sauce pour cuire des quenelles de poisson.

Gratinée de figues
au pain d'épices

Préparation
20 mn

Cuisson
5 mn

Pour 6 personnes
12 figues fraîches
6 tranches
de pain d'épices
2 cuillerées à soupe
de miel
1 orange
1 cuillerée à soupe
de vinaigre balsamique
50 g de beurre
demi-sel
3 pincées de cannelle
3 pincées de
gingembre en poudre

Préchauffer le gril du four.

Beurrer un grand plat à gratin pouvant contenir toutes les figues.

Rincer très rapidement les figues sous un filet d'eau fraîche.

Les couper en quatre en partant de leur extrémité, sans aller jusqu'au fond, de façon à obtenir une fleur.

Émietter les tranches de pain d'épices, presser l'orange.

Mélanger le miel, les épices, le vinaigre balsamique et le jus d'orange.

Répartir ce mélange sur les figues, les parsemer de chapelure de pain d'épices.

Déposer des noisettes de beurre sur chaque figue et laisser cuire 5 minutes, jusqu'à ce que les figues soient chaudes et la croûte épicée bien dorée.

Conseil de réalisation : le vinaigre balsamique est optionnel, mais rend ce dessert plus original. Évidemment, pas du vinaigre 20 ans d'âge, mais un simple vinaigre goût balsamique.

Conseil d'accompagnement : glace au miel ou au pain d'épices, yaourt brassé avec un peu de sucre vanillé…

Variante : vous pouvez remplacer le pain d'épices par d'autres biscuits (speculoos, reims rose, boudoirs).

Vin conseillé : savigny-les-beaune rouge.

Astuce chic : encore plus élégant servi dans des assiettes creuses passant au four ou des petits plats à œufs.

Vous en avez marre de la trilogie foie gras-saumon-huîtres ?
Vous n'avez pas envie de passer une journée complète en cuisine ?
Essayez ce menu simplissime où tout le monde peut aider,
même les enfants en préparant le dessert !

Un réveillon 100 % bluff

Brochettes de jambon cru à la mangue

Velouté de champignons de Paris au whisky

Truite au rose

Facilissime fondant au chocolat et aux marrons

Un seul vin pour tout le repas : un vin blanc pétillant
naturel (chenin du val de Loir, blanquette de Limoux)

**Budget :
25 euros**

Brochettes de jambon cru à la mangue

Préparation
15 mn

Pas de cuisson

Ustensile
piques en bois
ou brochettes

Pour 6 personnes
4 tranches
de jambon cru
2 mangues mûres
1 cuillerée à café
de piment d'Espelette

Peler les mangues.

Les couper en dés.

Couper le jambon en lanières.

Alterner mangue et jambon sur des brochettes ou des piques.

Saupoudrer de piment et servir.

Conseil de réalisation : la saison des mangues est en plein hiver, vous pouvez faire le plein en saison et en congeler les dés pour en ressortir au besoin quand elles seront plus rares sur le marché.

Variante : l'accord mangue-jambon se prête aussi très bien à une salade.

Vin conseillé : monbazillac.

Astuce chic : pour les plus fortunés, c'est encore plus chic en remplaçant le jambon par du magret de canard fumé.

Velouté de champignons de Paris au whisky

Préparation
15 mn

Cuisson
30 mn

Ustensile
un robot-mixer
ou un mixer plongeant

Pour 6 personnes
1 kg de champignons
de Paris frais
(à défaut, surgelés)
1 carotte
1 belle pomme
de terre
1 gousse d'ail
20 g de beurre
75 cl de bouillon
de volaille (2 cubes
+ 75 cl d'eau)
10 cl de crème épaisse
5 cl de whisky
3 brins de romarin
le jus d'un 1/2 citron

Laver rapidement et peler les champignons, les couper en lamelles. Les citronner afin d'éviter qu'ils ne noircissent.

Peler et couper en petits dés la carotte et la pomme de terre.

Faire fondre le beurre dans une cocotte. Y faire dorer les dés de légumes puis la gousse d'ail entière et le romarin effeuillé.

Ajouter ensuite les champignons, bien mélanger.

Verser le bouillon dans la cocotte, couvrir et laisser cuire doucement 25 minutes.

Mixer puis ajouter le whisky, la crème et du poivre. Mixer à nouveau pour bien lier l'ensemble.

Goûter avant de servir, ajouter un peu de sel si nécessaire.

Conseil de réalisation : salez toujours à la fin les plats quand vous utilisez du bouillon en cube, car, celui-ci étant déjà bien salé, mieux vaut être prudent.

Conseil d'accompagnement : cerneaux de noix, crème fouettée, ciboulette fraîche hachée.

Variante : si vous en avez au fond du placard, 20 g de cèpes séchés gonflés dans de l'eau chaude ajoutent une note corsée et raffinée à cette soupe.

Boisson conseillée : de l'eau pétillante parfumée d'une goutte de whisky.

Astuce chic : ce plat est vraiment à essayer même si l'on n'est pas fan de whisky, car son goût souligne parfaitement celui des champignons.

Truite au rose

Préparation
20 mn

Cuisson
30 à 40 mn

Pour 6 personnes
3 beaux filets
de truite rose
5 oignons rouges
12 pommes de terre
Roseval
2 tomates
10 cl de vin blanc
10 branches de fenouil
2 feuilles de laurier
4 cuillerées à soupe
d'huile d'olive
1 cuillerée à soupe
de baies roses écrasées
sel, poivre

Peler les oignons, les couper en larges rondelles.

Couper les tomates en tranches épaisses.

Laver et brosser les pommes de terre, ne pas les peler. Les couper en quartiers.

Faire un lit avec les branches de fenouil dans un grand plat à gratin, le recouvrir avec la moitié des oignons et des tomates, ainsi que deux feuilles de laurier.

Préchauffer le four à 210° (th. 7).

Déposer les filets de poisson sur les légumes.

Recouvrir avec les oignons et les tomates restants, entourer les filets des pommes de terre.

Saler et poivrer l'ensemble, saupoudrer de baies roses.

Finir en nappant l'ensemble avec le vin blanc et l'huile d'olive.

Recouvrir le plat d'une feuille d'aluminium.

Enfourner et laisser cuire 30 à 40 minutes.

Conseil de réalisation : précuire les pommes de terre au micro-ondes pendant que l'on prépare le reste du plat fait gagner 10 à 15 minutes de cuisson au four traditionnel : c'est toujours ça de pris pour les jours de grand retard !

Conseil d'accompagnement : riz aux amandes effilées.

Variante : vous pouvez remplacer la truite par du saumon.

Vin conseillé : vin blanc, bien sûr, pourquoi pas un pinot d'Alsace ?

Astuce chic : si vous en trouvez sur votre marché, vous pouvez remplacer les Roseval par des pommes de terre Vitelotte, à la magnifique couleur violette.

Facilissime fondant au chocolat et aux marrons

Préparation
10 mn

Cuisson
35 mn

Pour 6 personnes
500 g de crème
de marrons vanillée
100 g de chocolat noir
à pâtisser
100 g de beurre
3 œufs
1 cuillerée à soupe
de farine
1 cuillerée à soupe
de rhum

Préchauffer le four à 180° (th. 6).

Faire fondre le chocolat et le beurre à feu doux. Bien lisser le mélange.

Mélanger la crème de marrons avec le chocolat et le beurre, puis ajouter les œufs un à un en mélangeant bien.

Ajouter ensuite le rhum puis la farine.

Beurrer et fariner soigneusement un moule à manqué.

Verser la pâte dans le moule et glisser le gâteau au four pour environ 35 minutes.

Laisser tiédir avant de démouler.

Servir froid.

Conseil de réalisation : si vous utilisez un moule en silicone, vous pouvez vous dispenser de mettre de la farine. Il est encore meilleur réalisé la veille puis conservé au frigo… et il est facile à faire avec des enfants, puisqu'il n'y a qu'à tout mélanger !

Conseil d'accompagnement : c'est déjà assez riche à mon goût, mais je connais des gourmands qui l'accompagnent de crème anglaise, voire de crème fouettée.

Vin conseillé : rivesaltes ambré du Roussillon (à ne pas confondre avec le muscat de Rivesaltes, très bon aussi avec ce dessert, mais plus cher).

Astuce chic : les jours fastes, ajoutez quelques brisures de marron glacé. Ce gâteau est très riche, aussi il a l'avantage de pouvoir se servir en petites parts et suffit largement pour satisfaire huits becs sucrés à la fin d'un repas.

Index des ingrédients

685

Composition PCA – 44400 Rezé
Achevé d'imprimer en Allemagne (Pössneck) par GGP
en février 2005 pour le compte de E.J.L.
84, rue de Grenelle, 75007 Paris
Dépôt légal février 2005

Diffusion France et étranger : Flammarion